一個人好孝順

高木直子◎圖文
洪俞君◎譯

前言　爸媽也已經是銀髮族

電視上……
下面是一則不幸的消息
演員○○驚傳逝世
NEWS
什麼?!
我最近才在電視上看到他，怎麼突然……
生前演出過多部電影與電視劇……
深受觀眾喜愛……
嚇一跳……
是不是生了什麼病？
享年68歲
什麼?!
NEWS
比我爸還年輕……
唉呀~
每次聽到這種報導都心驚膽跳。
媽媽還在上班，感覺上還放心一點……
我去上班囉~
在兩個地方做part time
我比較擔心的是爸爸。
打個電話看看吧!!
狸子脫逃
嗶嗶
嗶嗶
嗶嗶
嗶嗶

我爸爸……
在一家公司工作了40幾年後退休……
現在每天過得很悠閒。
嗯～沒什麼事，打個電話問看看你們好不好而已。
喔～醬子喔～
呆～
最近有沒有什麼特別的事啊？
沒有啊～
啊，對了！我想下個月回去一趟。
是喔?!
我有時會回老家看看爸媽……
車轉
爸爸每次都會來車站接我……
JR
啊，老爸在那裡!!
喀嚓
爸～
噫……?!
啊～直子～
白頭髮變多了
變圓了
鬆弛～
好像縮水了……
每次見面都覺得他越來越有阿公的樣子。
怎麼換了一部這麼小的車？
養車費用太高了，所以就換部小車。
嘎噠
右邊OK…
左邊OK!!
喀嚓
喀嚓
嘎噠
打方向燈的聲音

有一陣子家裡有5個人4輛車加上狗，好不熱鬧……
我回來了~
我走囉~
慌張
爸爸的車
弟弟的車
姊姊的車
媽媽的車
慌張
我也要去上班了，衣服記得晾喔~!!
哇~不要這樣啦~
散步!!
汪
散步!!
汪
我23歲，辭掉工作在part time
但是現在只剩爸媽兩個人……
到了~
車子也只剩爸爸開的一部小車而已。
噗~……
我想他們一定生活得很簡樸，沒想到……
我回……
……!!
喀嚓
哇~!!
怎麼這麼多東西?!
亂七八糟~
這是什麼一大堆的DVD?!
我會錄美國職棒大聯盟的比賽。
堆積如山
只要有田中將大和鈴木一朗出場♥
這……這兩個奇怪的東西是什麼？
是空氣清淨機和蒸氣拖把啦！
是在電視購物買的♪
很大~!!
天氣已經暖和了，暖爐怎麼還沒收起來……
還2個……

我爸媽都很不會整理東西，而且還很會堆東西……
是嗎？
為什麼一樣的醬有好幾瓶～?!
怎麼搞的～!!
都還剩很多!!
我不會買那些東西啊！
每次回老家我都會很生氣。
女兒啊，
別管那些了，來幫我咚咚咚吧！
咻
咻
爸爸說的「咚咚咚」，意思是搥搥腰。
搥10分鐘100塊喔～!!
咚 咚 咚 咚 咚 咚
爸爸很喜歡人家幫他搥腰，我從小就經常幫爸爸搥腰賺零用錢……
不過現在長大了，當然是免費服務。
好吧～
謝謝～
爸爸心愛的按摩棒
咚 咚 咚 咚 咚
果然有點縮水了……
以前屁股的肉更多……
大屁股～
爸爸的屁股很大……
呼～
呼～
摸
摸
咚 咚 咚 咚 咚
很快就睡著
說爸爸越來越有阿公的樣子，其實他已經有孫子，是個不折不扣的阿公了。
愛～
阿公!!
阿公!!
阿～公!!

平常爸爸為了身體健康會去健走……
走
走
有時也整理院子……
撿小石頭
一點點
一點點
看看股市行情……
喀嚓
喀嚓
喀嚓
看看電視……
鈴木一朗擊出安打~
哇
哇
在游泳池水中健走……
嘩啦
嘩啦
吃吃日本饅頭……
嚼~
嚼
很喜歡
享受著退休後的生活……
睡相很像海獅……
ㄎㄤ
ㄎㄤ
呼嚕~
呼嚕~
滾
滾
現在只希望爸爸健康平安就好，不過還是難免擔心很多事……
……啊，怎麼停了？
起身……
我幫你搥了20分鐘以上，你睡著了都不知道!!
我不記得了，妳再幫我搥搥吧~
這本書就是敘述我和我已經是銀髮族的老爸老媽間的一些事。
什麼~?!

目次

辛勤工作的爸爸

爸爸以前在一家三百六十五天24小時輪三班制的公司上班。
40歲左右時的爸爸
工作服
安全
三班制的班表大概是像這樣……
早班 …… 6:00 ～ 14:00
中班 …… 14:00 ～ 22:00
夜班 …… 22:00 ～ 6:00
輪到早班的時候，在大家睡得正熟的時間就得出門……
A.M. 5:00
呼嚕～
呼嚕～
呼嚕～
噗噗噗
爸爸開車去上班的聲音
所以早上起來爸爸經常已經不在家。
睡眼惺忪～
趕快去換衣服啊！
不過上早班的日子……
我回來了～
嘎啦啦
我回來了～
喀嚓
啤酒
大約學校放學的時間爸爸就回來了。
哇～爸爸也回來了～!!
爸爸回來了～!!
撲通

這種時候爸爸經常會從超市買一些下酒菜回來，以備晚上早點喝酒之用……
!!
窸窣……
超市
GIN
買回來的東西裡有我盼望很久的東西。
爸爸，你買什麼東西回來？
哇～什麼東西啊？
給我看
給我看
噠噠
窸窣
窸窣
超市
那就是這個!!
太好了～
鮪魚卷耶!!
鏘
鮪魚
爸爸從傍晚4點左右開始邊吃飯邊喝酒，這對肚子正餓的孩子們而言是一大福音♡
哇—
哇—
我也要～
我也要～
哇—
哇—
BEER
滾
滾
爸爸有時不會一下子就答應……
爸爸—
爸爸—
給我嘛—
給我嘛—
嚼
嚼
可是過了一會兒就會這樣示意
嗯。
表示一個人可以吃一排。
哇—
撥
撥
哇—
哇—

傍晚吃到的這幾個鮪魚卷特別美味……
哇—
哇—
哇—
分到了3個♫
大概是因為這樣，我現在也很喜歡鮪魚卷。
最喜歡的壽司♥
P.M. 9:00
不過輪到夜班時，吃過晚飯後就得去上班……
爸爸，再見!!
A.M. 8:00
有時早上才回來……
啊，爸爸回來了~
我回來了~
喀嚓
我去上學了!!
有時平常天也放假……
我回來了
喀嚓
喀嚓
喀嚓
P.M. 11:00
有時晚上很晚才回來……
WEEK ENDER
嚇
還不趕快去睡覺!!
星期天就算在家……
呼嚕—
呼嚕—
嘿~帶我們去玩嘛!!
不要吵爸爸啦!!
哎喲
撲通
也不一定是放假……
爸爸今天下午要去上班，不要吵他讓他睡覺!!
走開!!
走開!!
哇—
小孩子的我完全不能理解這種輪班制。

有一天在上班的爸爸難得從公司打電話回來。
啊～是爸爸啦～
哈哈哈
爸爸～
今天電視公司到我們公司採訪～
真的?!
今天傍晚的電視新聞會播，你們記得看看啊～
所以媽媽和我們幾個小孩從傍晚就很興奮地坐在電視機前面……
6點整點新聞
NEWS 6
哇～
開始了～!!
接下來要報導的是這家引進新系統的公司～
啊，那是爸爸的公司耶!!
這裡是控制室……
啊!!
把手背在後面的那個人是爸爸吧？
一定是爸爸沒錯～
結果整段報導中爸爸只出現這一次而已。
哈哈哈

歲月荏苒……
嗯~……
現在我成為一個插畫工作者。
糟糕……明天要交稿了……
嗯~……
嗯~……
可是都還沒弄好……
嗚嗚嗚……
我是自由工作者又是一個人住，照理說生活應該還算輕鬆自在……
哇~頭腦和右手都好累喔~
不行了~好想睡覺喔
鈴~鈴~
滾
滾
啊電話!!
心愛的沙發♥
啊……我現在正在努力地畫……
滴答滴答
滴答滴答
可是像今天這樣拚命趕工也是很辛苦的……
稿子進行得怎麼樣了??
編輯
明天應該勉強可以……
支支吾吾
先填飽肚子再說吧……
有時會突然想
呼~
疲累……
像我爸爸……
他從來沒在家裡談過工作上的事……
我回來了~
哇—
爸爸~
哇—
哇—
爸爸回來了~

爸爸開車上下班，所以也不會喝幾杯再回家……
在家喝酒一族
今天的下酒菜是什麼~?
小黃瓜卷
喔~?!
啊—
哇—
哇—
BEER
也沒什麼稱得上興趣的興趣……
假日也沒什麼特別的活動……
沒出果
沒出果
躺
哇—
哇—
爸爸上班的樣子我也只看過那一次……
爸爸
所以根本不知道爸爸的工作內容是什麼……
也覺得爸爸去上班是很自然的事……
噗噗噗……
呼—
呼—
暖和
暖和
不過想想在同一家公司待了40年以上，實在是很了不起……
而且不能過規律的生活……
有時候會不會不想去上班呢……
譬如寒冬的清晨……
嚼……
嚼……
做了炒飯
爸爸一直很努力工作，絲毫沒讓我們感受到他的那種不安……
嗯，我再努力一下吧~!!
嗚喔~
現在想想還真是感激。

爸爸還在公司上班時的某一天……
前一天是輪到下午～深夜的班……
呼～♥
今天大白天就在家喝起啤酒。
BEER
借助(?)酒精呼呼午睡……
呼～
呼～
我回來了～
啊 在睡覺……
到了晚上又出門上夜班!!
我去上班嚕～
路上小心～
上三班制的班睡覺週期也得跟著調整，很辛苦。
不知道是不是那時候練就的絕活……
又在睡覺了……
呼～
呼～
爸爸現在還是隨時都能入睡……

高木家東京物語

我24歲上東京，有好一陣子吃飯付房租都捉襟見肘……
嗚嗚……好想趕快拿到打工的薪水喔～
咻咻
沒料的拉麵
我下個月有幾天連假，會去一下東京～
一有休假爸爸經常上東京來。
爸爸一來，我也就託福吃得好一點……
哇喔～我好久沒吃鰻魚飯了～!!
當然是爸爸請客
好好吃～
也有機會到平常難得去的地方走走……
這是我第一次來柴又!!
高木屋的艾蒿糰子!!
爸爸要回去的時候，有時還會給我零用錢……
這個給妳……
窸窣
窸窣
嗚嗚……不好意思，讓您擔心了……
一方面覺得很不好意思，一方面卻也非常非常感激……
時光荏苒……
我成了插畫家，能夠自食其力……
RRR
喔！

啊～我想下個月去東京玩一玩。
哇～好啊!!來啊!!
爸爸還是會偶爾一個人上東京。
媽媽還在上班，很難有連假。
爸爸要來我當然是非常歡迎，可是……
嗯～這天到這天爸爸要來東京。
確認一下我的時間
哇！這星期有兩個東西要交稿!!
聚餐♡
出差取材
演唱會
截稿
截稿
而且前面那一個星期還要去出差取材，沒辦法把時間整個空出來……
啊～爸爸來之前可以交稿嗎？
糟……糟糕!!
常常擔心不能在爸爸來之前把工作做完。
哇－哇－得加油才行!!
我是自由業，只要努力完成工作也就可以休假……
提前交稿就可以隨意安排連假了，不是嗎？
好羨慕～
然而實際上會碰到很多狀況，計劃經常趕不上變化。
沒有好點子……
嗯
嗯～
突然有急件……
編輯
我希望可以再別出心裁些……
啊
不被編輯採納……
沒有工作情緒……
呆～
這是自己不好
不過當然也沒辦法找人替代……

經常被人家這麼說

這時偶然想起幾年前回老家時，
爸爸推薦給我的一部電影。
妳要不要看小津安二郎導演的《東京物語》？
很不錯的一部電影喔
1953年上映
故事從一對年邁的父母從廣島的尾道來到住在東京的孩子們那裡開始展開……
我們終於來了～
各自忙碌於工作和家庭的長男和長女無法帶父母去玩……
長男 醫生
突然要去出診。
長女 美髮師
我也很忙。
只有死在戰場上的次男的妻子親切地接待他們……
搭觀光巴士遊覽東京之後……
要不要到家裡來坐坐？
在家裡吃飯♥
遺孀
這對父母帶著略微沉重的心情踏上歸途……
孩子長大了也就變了
後來還描述許多故事，是一部讓人感慨頗深的好電影……
然而實際上就住東京的女兒看了這部電影，可就有點心虛了。
鏘

怎麼樣？
很好看吧？
劇終
驚
轉身
以往我一直讓爸爸操心擔憂……
閃
閃
嗚!!
現在我當然要努力把工作做完去接他!!
要帶他去很多地方玩!!
趕快工作!!
衝
這種強烈的念頭頓時湧現!!
勤奮
努力
努力
過了幾天……
爸爸終於來到東京。
嘈雜
嘈雜
嘈雜
海苔
先把東西拿到家裡去放，然後我們去印度咖哩店吃午餐吧。
我知道一家很好吃的店～
喔～咖哩喔♡
那就去吃看看吧
為什麼要去吃咖哩呢……
海苔

因為上次爸爸來東京的時候突然說想吃咖哩。
我們在這裡吃午飯吧。
TAKE OUT OK !!
印度咖哩
撲鼻~
在這裡?!
OPEN
咖哩午間套餐
A套餐
B套餐
C套餐
咕~
那是一家到處都有的印度咖哩連鎖店……
好吃~!!
這個麵包叫印度南餅嗎!?
南餅?南餅?
用這個沾咖哩吃吧,對!!
嗯,好吃!!
爸爸吃得高興得不得了……
還興奮地和印度店員聊起天。
我是從三重縣來的!!
我以前住在隔壁愛知縣。
聊天
滔滔
不絕
真的?!愛知縣的哪裡啊?!
日語很流利
啊……
老爸……?
啊……搞不好爸爸是有生以來第一次吃這種咖哩……
第一次吃南餅?
那應該帶他去更道地的店……
哇哈哈
滔滔不絕
所以就帶爸爸來到前一陣子去過的一家很好吃的印度咖哩店。
這裡的南餅非常好吃喔~
INDIAN RESTAURANT
真的?!

那家店比上次去的店更有氣氛，感覺也更高級。
Namaste（您好）～
ㄒㄧㄚㄌㄚ～
可是爸爸一到店裡突然變得很安靜。
……
爸，你決定要點什麼了嗎？
這裡是
嗯～雞肉咖哩還有菠菜咖哩。
我不知道什麼好吃，妳幫我隨便點吧……
蛤？
嗯……
那我就隨便點囉!!
MENU
但是套餐上桌以後……
哇喔～!!
爸爸依然興致很低……
嚼
嚼
今天怎麼跟以前都不一樣呢……
嚼
東西很好吃啊，怎麼……
後來還把印度奶昔整個打翻……
啊！
嘩啦
哇～!!
請店裡的好幾個人過來擦……
對不起
對不起
哇！
哇！
還把桌子移開

我們黯然地離開餐廳。
謝謝光臨
鞠躬鞠躬
打翻了……
奇怪……
以為爸會很高興的……
好像真的來到印度～
預期
看樣子是餐廳太道地，反而讓爸爸很緊張……
討父母歡心還真是難啊～
有一次帶爸爸去一家好吃的披薩店，結果他把重點都放在貽貝上。
好奇怪的貝類!!
貽貝?!這個叫貽貝喔?!
咕嚕
咕嚕
這湯汁很鮮美!!
看來老爸是第一次吃到貽貝
酒蒸貽貝
帶爸去搭隅田川的水上巴士，他很是開心……
喔～!!
轟～
可是後來到了台場，他卻一點反應也沒有。
……來這裡要做什麼？
呆～
也曾經因為偶然走進的一家咖啡屋而欣喜不已。
像星巴克那樣的地方
興高采烈
好像一直很想來這種店……

還有一次到爸爸應該會喜歡的大眾化中華料理店吃晚餐時……
嘈雜
嘈雜
嗯～那就點煎餃、炒青菜、炒飯和～
這家店沒有生啤酒嗎？
有瓶裝啤酒耶，我們點一瓶吧♡
女兒倒酒♥
啊啊……
咕嚕
咕嚕
爸～來，喝啤酒吧～
爸爸經常在家邊喝瓶裝啤酒邊呼好喝……
雖然罐裝啤酒比較便宜，不過還是瓶裝的好喝!!
呼－!!
BEER
但是這天不知道為什麼怪怪的……
難得在外面喝，還喝瓶裝啤酒……
這樣就跟在家喝沒兩樣了……
噫？
咕嚕
咕嚕
這時候我才發現
驚
在老家那裡出門都是開車，很少有機會去外面喝酒的爸爸……
開車上下班
通常都是在家邊吃晚餐邊喝酒……
咕嚕
咕嚕
哇！
哇！
他心裡的標準似乎是這樣，遠超乎我的想像!!
難得在外面喝，當然要喝……
生啤酒
瓶裝啤酒
罐裝啤酒
絕對!!
咕嚕
咕嚕

後來帶我這常常令人難以捉摸的老爸去神社那類的地方，他又很高興了。
喔～
○○○在這裡做△△△……
歷史知識豐富
碎唸
喜歡歷史
常帶爸出去玩
去神社、寺廟、城、一些視野遼闊的高的地方就錯不了。
那天晚上——
我們要不要去錢湯啊～
爸爸來東京經常會想去錢湯。
嗯～……換洗的衣服和刮鬍刀……
毛巾和香皂就用這個吧～
窸窸窣窣
窸窸窣窣
老家那裡現在全是大型錢湯，所以他喜歡去東京還保有的那種古早風錢湯。
嗯～錢包、手錶……
嗯，我把襪子放到哪裡去了？
還有面紙～
碎碎唸唸
窸窣窸窣
窸窸窣窣
窸窸窣窣
到底要準備多久啦？
亂七八糟～
從我家走路可以到的地方就有三家錢湯……
啊！我忘記帶相機了!!
去錢湯不需要帶相機吧？
糟糕!!
我們快走吧!!
那我們40分鐘後在這裡會合。
好啊！
像這樣跟爸爸走路去錢湯也很不錯。
ゆ
男
女

洗完澡從錢湯出來……
啊～好舒服喔!!
居酒屋
嘈雜
嘈雜
啊～直子……
拉麵
我們去吃個拉麵吧～
拉麵
嘈雜
嘈雜
爸爸突然這麼說。
什麼?!
不是已經吃過晚飯了，還要吃拉麵？
不知道為什麼我肚子餓了♡
Bakery
不會吃太多嗎？
因此我們又一起去吃拉麵。
讓您久等了!!
也跟著吃
咚
想想，老家附近幾乎沒有店家，到晚上就一片漆黑……
歡迎光臨
好像很開心……
呼嚕
呼嚕
像這樣晚上在商店街走走吃吃拉麵，對爸爸而言或許也是一件很開心的事……
呼嚕～

睡著了……
呼嚕~
呼嚕~
呼嚕~
成功讓老爸入睡……
啊~得趕快工作才行~!!
就快要截稿了~
工作還沒做完的我……
衝
在爸爸睡著以後拚命趕工……
哎喲
努力
努力
努力
3點左右睡覺……
呼嚕~
呼嚕~
總算弄出頭緒了……
可是那天清晨——
嘎噠
咕咚……
砰
啊?!
呼~
爸爸很早就起來東摸摸西摸摸……
窸窣
窸窣
窸窣
窸窣
砰
好吵喔……
窸窣……
結果我不到6點就醒過來了。
嘎啦……
NEWS 6
觀眾朋友早安
一大早你做什麼啊~
起身
我去那邊那家便利商店買了報紙回來!!

那我來泡個茶吧……
沒辦法……
對了~那個有人在做早操的公園在哪裡啊？
蛤?!
我家附近有個公園，很多人每天在那裡隨收音機做早操，以前我帶爸爸去過那裡……
有益身體健康的活動!!
恰啦啦啦啦~
那公園有點難找……
你想去做早操嗎？
想啊♡
啊，我還穿睡衣
要去就要趕快出門，不然來不及了!!
6:30開始
雖然睡眠不足又早起，可是還是決定帶爸爸去。
啊，我忘了帶相機了!!
不需要相機吧?!
啾 啾
快開始了!!
到了公園……
大家早!!
嘈雜 嘈雜 嘈雜
呼~
趕上了！
來參加這早操的人，年紀都和爸爸差不多。
首先是
恰恰恰啦 恰啦啦 恰啦~
好累喔……
大家都很早起，而且精神奕奕。

然後又和爸爸去東京很多地方走走……
皇居～
泉岳寺～
泉岳寺
猛甲燒～
嗞～
睡午覺
呼～
爸爸睡著了太好了～
努力
努力
努力
努力
濱離宮～
在老家那裡每天去游泳的爸爸……
這附近有沒有游泳池？
這麼問起……
所以我們又一起繞到區民游泳池。
這地方很不錯嘛！
有多久沒和爸爸來游泳了呢……
區民
溫水游泳池
大人 250日圓 小學國中生 100日圓
碰到下雨
而且我嚇一跳的是……
嘩啦
嘩啦
嘩啦
游泳池裡的爸爸活力十足!!
嘩啦
嘩啦
嘩啦
嘩啦
一直游都沒停
你是河童嗎……
Kappapa～

好久沒游仰式了，
來游一下吧……
不知道還會不會……
撲通……
啊，
基本上
還會耶♡
嘩啦
呼
嘩啦
呼
嘩啦
嘩啦
小時候我有一陣子
跟姊姊一起搭巴士
去遠一點的游泳教室
學游泳。
啊……
我有點
想起來了……
嘩啦
嘩啦
嘩啦
哇！
哇！
有一次在游泳教室
練習游泳的時候，
偶然抬頭一看……
像看台一樣的地方
看到下班後
來接我們的爸爸……
啊！
嘩啦
哈哈哈哈
嘩啦
嘩啦
嘩啦
爸爸來接我們的日子，
我們不用等巴士，
下了課就可以
馬上回家……
所以
有點高興……♡
哇！
嘩啦
嘩啦
……
盯—
驚!!

爸你一直盯著我看在看什麼?!
嚇我一跳!!
嗯~……
嘩啦
還可以嘛!
轉身
嘩啦
嘩啦
哼!
什麼話嘛!!
想想多虧那時候爸媽讓我們去學游泳……
我現在才能游泳游得還可以。
呼~算游很久了~
晚上吃什麼?
嘿~
咕~
這樣過幾天之後，爸爸回去了……
路上小心喔~
謝謝妳的招待~
替我跟媽媽問好~
我是不是有盡到住在東京的女兒的本分呢……
看來這次爸爸最高興的就是晚上吃拉麵和做早操的時候……
呼嚕~
啦啦~恰啦
我還是不太清楚怎麼做爸爸才開心……
之後在東京發現什麼不錯的東西……
哇，爸媽應該會喜歡這座公園!!
我要帶他們來!!
我經常會這麼想。

老實說前幾年爸爸來東京的時候也……
對不起～!!我今天必須工作一下～
我要改稿～
…
沮喪～
那我一個人去神保町好了。
傍晚就可以做完了
發生這種事。
爸爸回來了……
我去神保町的舊書店，看到那裡有賣江戶時代的東京地圖～
就買了2張回來～!!
這2張都很貴耶……
買這個要做什麼……
興高采烈
我的感想是還是盡量不要放爸爸一個人出去亂逛。
好幾千日幣

二〇二〇年奧運確定在東京舉辦
TOKYO
喔~
TOKYO 2020
我對這好像還沒什麼實際感覺，可是……
奧運確定在東京舉行了~!!
啊……嗯
我爸媽都高興得不得了!!
感覺充滿了生命的樂趣~!!
耶
那麼嚴重……
我看我也來學點英文好了~
哈囉~
學……學英文?
那時候你們就來東京玩吧~
我們一起去看個比賽
好啊~♥
耶
耶
二〇二〇年……那時候我不知道在做什麼?

夏天回老家

回到老家的某一天……
啾
啾……
嗯~
早~
噫？爸爸呢？
很早就出去了。
早上起來爸爸多半不在家。
打開
嗞~
我想應該是退休後才開始的……
啾……
啾……
走
走
走
爸爸為了身體健康，幾乎每天都會出去健走……
一出去得一、兩個小時才會回來，所以我們就利用那時間準備早餐。
咚
咚
咚
攪拌
攪拌
攪拌
納豆
前一陣子爸爸被診斷出糖尿病……
哇哇！
全都是萵苣!!
嘎啦啦啦
爸媽聽說萵苣對糖尿病很有效，因此冰箱裡經常備有萵苣。
前一陣子萵苣貴得不得了~
這真的有效嗎？
嗯~
剝
剝

※不清楚有多少功效

爸爸回來了。
我給他的某一場馬拉松賽的紀念品（愛用中♥）→
TATEYAMA WAKASHIO
呼～
嘎
啦
爸爸你回來了！
嗡～
你要吃飯了嗎？
好啊！
呼
咚
爸爸說萵苣必須在飯前吃……
看他一直啃萵苣的樣子有點像草食動物。
唰
唰
唰
唰
唰
唰
唰
唰
唰
唰
唰
唰
唰
萵苣就這樣直接吃
然後才吃早餐!!
開動了～
黏～
糙米
爸爸只要有米飯、味噌湯和納豆就很滿意了♡
這一點好是好，可是……
啊啊!!
驚
我忘記吃藥了!!
藥
嘎
啦
呱噠
呱噠
經常忘記每餐飯前要吃糖尿病的藥。

每天
都要做的事
怎麼會忘記呢?!
我雖然這樣
說爸爸……
丟
吃飯前
要提醒他吃藥啊！
嗯……
說得也是。
家人也常常
忘了提醒他……
咯吱……
我忘記了……
媽媽吃過早餐以後
就出門做 part time……
那我
走了!!
衣服記得晾喔～
路上小心。
爸爸一個人
隨便打發時間……
窸窸窣窣
每次回來都發現
爸爸又迷上了什麼……
啪
啪
他會從自己錄的節目中
挑一些喜歡的推薦給我……
有一回是花式溜冰
妳要不要看淺田真央啊～？
有一回是韓劇
要不要看大長今～？
爸爸超愛錄電視節目
有一次是美空雲雀
要不要看美空雲雀～？
上次回來的時候，
爸爸不知道為什麼
突然迷上《哥吉拉》。
直子，妳要不要看
《哥吉拉》的
幕後製作花絮啊？
我才不要一大早
就看這個呢!!
蛤？
很好看喔
以前從來
沒聽他提過
《哥吉拉》

有樂趣雖然是件好事……
吼~
噠噠噠噠噠噠噠噠噠
結果我也一起看……
爸爸平常在家都是這樣過的嗎……
一下子就睡著
想想不由得有點擔心……
吼~
哱
轟隆隆
咕~
咕~
到了中午——
直子，午餐怎麼辦？
突然!
噫……爸爸你肚子餓了喔？
吃完早飯以後也沒做什麼啊？
把工作帶回家做
爸爸時間一到就肚子餓了……
咕~
咕~
當然餓啊!!
都已經12點了!!
我們決定中午到外面吃。
去哪裡好呢~去吃和食嗎~
好啊~♡
啊，對了！爸你有沒有帶藥？
喀嚓
喀嚓
啊！我忘了!!
哎呀~
於是和爸爸回去拿藥，然後……
我回去拿!!
噗~
103

來到一家和食店。
歡迎光臨～
嘎啦
我點魚定食好了。
請問兩位吃什麼？
那來兩個魚定食好了。
我也想吃魚……♥
午間菜單
爸爸外食的時候就不吃萵苣。
其實也可以裝在便當盒裡帶過來。
自備萵苣便當
唰 唰 唰 唰
不過也不用每次都吃啦
啊，爸你的藥呢？
想起來了!!
啊～對了，先放在這裡等一下才不會忘記。
嘈雜嘈雜
飯前要先吃藥
窸窣窸窣
我們點的東西上桌了。
鏘～
哇～我要吃囉～!!
嗯～生魚片好吃……
吃吃
啊!!

爸……
爸你藥沒吃耶!!
啊~
我拿出來
結果卻忘了吃!!
你看!!
喀噠
丟
糟糕~
我只記得提醒
爸爸吃藥……
忘記留意他
到底吃了沒!!
嗚~!!
回到家以後……
躺~
呼~♥
好想
睡覺喔……
睡眼惺忪……
窸窣
窸窣……
嚼……
起身
噫?!
爸你怎麼
在吃泡芙?!
糖尿病的藥
吃了容易變成低血糖，
所以要吃點甜的東西。
你有糖尿病耶!!
吃
吃
滑嫩大泡芙
真的嗎~?
真的真的!!
剛吃完午飯
可以吃那麼大的泡芙嗎?
很可疑喔……
舔
舔

可以啊!!
噗!!
哇!!
哎喲~爸你放屁……
吃糖尿病的藥一個副作用是很容易放屁。
哈哈哈
沒辦法!!
可是也不要對著人家啊……
噗~!!
啊！
真的是~!!
若無其事
逃到院子去
然後到了下午3點左右……
我去游泳。
嗯，路上小心~
爸爸每天都會上健身房。
在健身房的游泳池游1千公尺……
然後在水中健走大約20分鐘。
嘩啦 嘩啦 嘩啦 嘩啦 嘩啦 嘩啦 嘩啦
健走水道

記得爸爸要退休的時候，我們都很雞婆地擔心他退休以後會很閒沒事做……
如果不上班，爸爸每天要做什麼呢……
要不要先學點東西培養興趣啊……
每天沒事做大腦很快就痴呆了……
說得也是……
喳
喳
喳
喳
喳
姊姊
弟弟
我們推薦老爸去上水彩繪畫班……
文化中心
水彩畫
爸爸也自己找市政府開辦的課程，去上了幾種課。
社區大學
銀髮班
銅版工藝
我從以前就很羨慕人家的爸爸是那種愛好藝術的文青……
興趣是畫油畫
或爵士樂
就像卡通《田螺小姐》裡從前住在隔壁的濱先生那種典型的……
幻想
我們都很高興爸爸開始學東西。
在做銅版工藝作業
咯吱
咯吱
咯吱
咯吱
咯吱
嘰嘰
嘻嘻
爸你看起來很認真耶。
呵呵
怎麼樣？好玩嗎？
這個啊……這個……
咯吱
咯吱
咯吱
咯吱
咯吱
嘰嘰
SUN POLE
馬桶
PIKAL
METAL POLISH
麻煩得不得了耶!!
氣喘—
呼呼—
每一種課都沒變成是持之以恆的興趣……
用廁所清潔劑來研磨

不過後來去上的健身房大概是符合爸爸的個性，也就一直持續下來……
做得挺不錯的說……
爸爸的第一個也是最後一個銅版工藝作品
總算有個類似興趣的東西……
到了晚上——
爸你的萵苣!!
咚
爸爸以前最大的樂趣是邊吃晚餐邊喝酒……
啊……今天來喝點啤酒吧！
興高采烈
可是最近酒量大減……
而且喝的多半是零熱量的發泡酒。
咕嚕
咕嚕
最近這種啤酒也做得很好喝。
對啊，幾乎跟一般的啤酒沒兩樣。
給我一點
咕嚕
咕嚕
咕嚕
咕嚕
啊!!爸你吃藥了嗎?!
啊~我忘了~~!!
爸爸的每一天大概就是像這樣……

帶爸媽去韓國旅行（準備篇）

譯註：從世界的車窗《世界の車窓から》日本電視節目，配合音樂介紹世界各地由火車車窗所見的美麗風光及沿線名勝古蹟觀光景點等。

可是如果要帶老爸出國，要去哪個國家好呢……
近一點的治安好的還有日語多少可以通的地方。
我不會說英語……
而且爸爸也不喜歡吃西餐……
二〇〇七年那時……
日本正好在流行韓劇!!
裴勇俊
大長今
冬季戀歌
爸媽也迷上了……
皇上～
躺～
躺～
這種時候兩個人就很合
每次回來他們都在看韓劇……
真的很好看喔～妳一定要看!!
妳也看一下吧!!
哇～
哇～
爸爸錄的電視節目
說起韓國……
請稍等!!
的確很好看……
前些時候我們有3個女人一起參加3天2夜的廉價旅行團去首爾……
嚴冬之旅
我們去汗蒸幕吧～
抖
抖
呼
冷得不得了……
所以我對那裡的地理多少有點概念，而且很多店都標示有日文……
那裡的話，我應該勉強可以自己帶他們到處走走。
於是第一次和爸媽出國的目的地就定在韓國的首爾!!

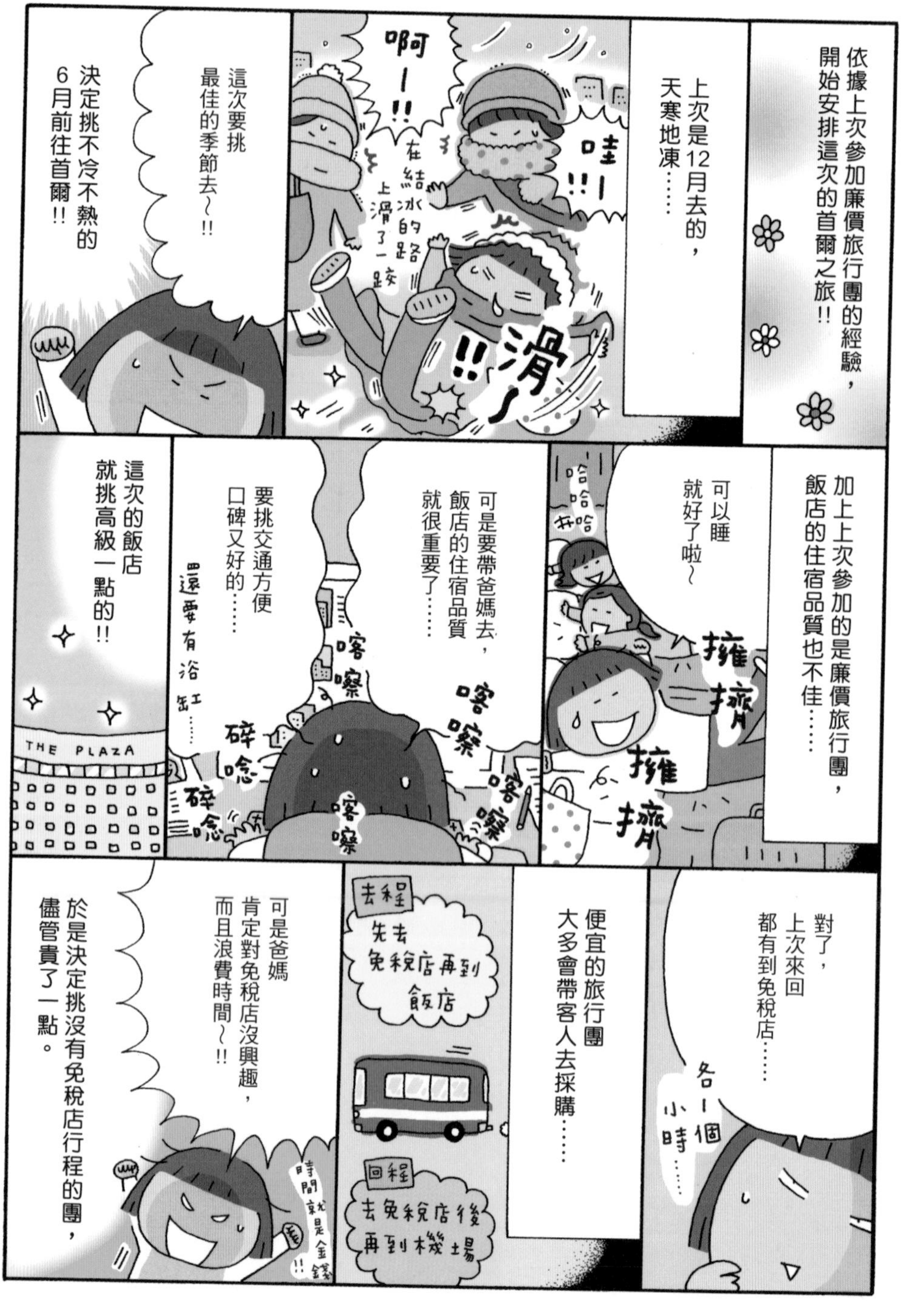

依據上次參加廉價旅行團的經驗，開始安排這次的首爾之旅!!
上次是12月去的，天寒地凍……
啊ー!!
哇!!
在結冰的路上滑了一跤!!
滑~!!
這次要挑最佳的季節去~!!
決定挑不冷不熱的6月前往首爾!!
加上上次參加的是廉價旅行團，飯店的住宿品質也不佳……
可以睡就好了啦~
哈哈哈
擠擠
擠擠
可是要帶爸媽去，飯店的住宿品質就很重要了……
要挑交通方便口碑又好的……
還要有浴缸……
喀嚓
喀嚓
喀嚓
喀嚓
碎唸
碎唸
這次的飯店就挑高級一點的!!
THE PLAZA
對了，上次來回都有到免稅店……
各1個小時……
便宜的旅行團大多會帶客人去採購……
去程
先去免稅店再到飯店
回程
去免稅店後再到機場
可是爸媽肯定對免稅店沒興趣，而且浪費時間~!!
時間就是金錢!!
於是決定挑沒有免稅店行程的團，儘管貴了一點。

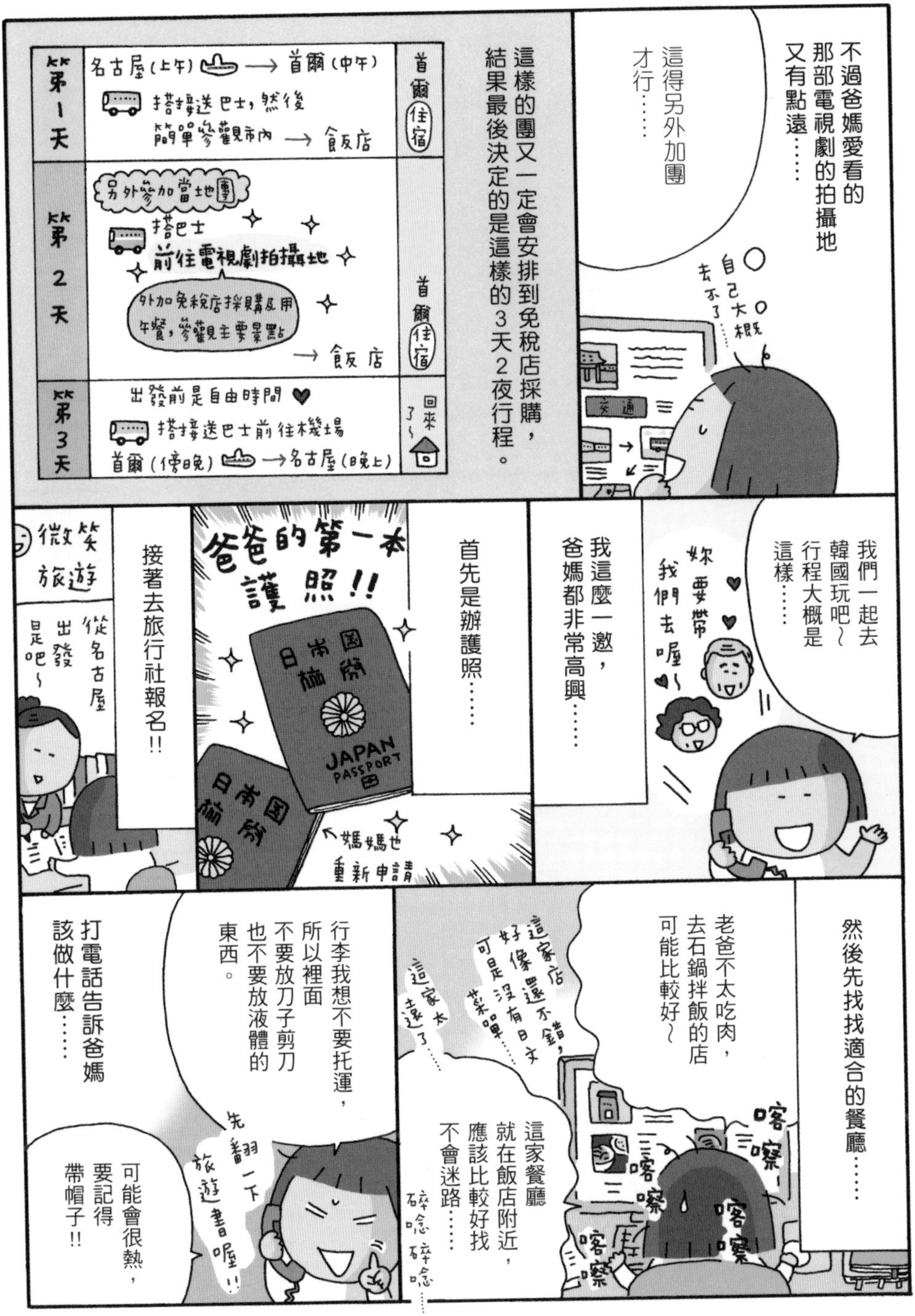
不過爸媽愛看的那部電視劇的拍攝地又有點遠……
這得另外加團才行……
自己大概去不了……
這樣的團又一定會安排到免稅店採購，結果最後決定的是這樣的3天2夜行程。
第1天
名古屋（上午）→首爾（中午）
搭接送巴士，然後簡單參觀市內→飯店
首爾住宿
第2天
另外參加當地團
搭巴士
前往電視劇拍攝地
外加免稅店採購及用午餐，參觀主要景點
→飯店
首爾住宿
第3天
出發前是自由時間♥
搭接送巴士前往機場
首爾（傍晚）→名古屋（晚上）
回來了～
我們一起去韓國玩吧～行程大概是這樣……
妳要帶我們去喔♥～
我這麼一邀，爸媽都非常高興……
首先是辦護照……
爸爸的第一本護照!!
日本国 旅券
JAPAN PASSPORT
日本国 旅券
↖媽媽也重新申請
接著去旅行社報名!!
微笑旅遊
從名古屋出發是吧～
然後先找找適合的餐廳……
老爸不太吃肉，去石鍋拌飯的店可能比較好～
這家店好像還不錯，可是沒有日文菜單……
這家太遠了……
喀嚓
喀嚓
喀嚓
喀嚓
這家餐廳就在飯店附近，應該比較好找不會迷路……
碎唸碎唸……
行李我想不要托運，所以裡面不要放刀子剪刀也不要放液體的東西。
先翻一下旅遊書喔!!
打電話告訴爸媽該做什麼……
可能會很熱，要記得帶帽子!!

我還沒去過中部國際機場～
從三重該怎麼去呢～
中部國際機場 新特麗亞
嗯～先到出境那樓層就對了吧……
檢查隨身行李～
我出國過幾次，有時是旅遊有時是因為工作……
但是換成帶爸媽一起，可就比平常緊張多了!!
撲通 撲通 撲通
也先找幾家日本料理店好了～
我想吃日本菜～
搞不好會這麼說!!
我在出發的前一天回到三重老家……
轟轟
……
你們的行李怎麼都還沒準備啊?!
亂七八糟～
蛤?
爸媽一副事不關己的樣子!!
才不過3天2夜，不需要帶很多東西吧～
一下子就可以弄好了
我下班回來再弄吧～
旅遊書也一定還沒看吧?!
那種東西不用看也沒關係，反正跟團一些主要的景點都會帶我們去的，不是嗎？
不用那麼擔心～
爸爸雖然是第一次出國，可是卻表現得老神在在……

老爸老神在在的臉上明顯流露出……
有直子帶我們
妳沒問題的啦～
就交給妳了
真是的!!一點也不替別人著想!!
氣～
雖然很火大，可是也沒辦法……
這次我就徹底扮演導遊的角色……
帽子不要忘了!!
對啊～
機票帶了……
護照帶了……
行程表帶了……
碎唸
碎唸
3人份
到了出發當天早上!!
早上6點
吃飯囉～
啾
啾
接連幾天都要外食，所以先在家好好吃頓早餐……
NEWS 6
嗯
納豆給你!!
然後搭船前往機場……
愛知
三重
中部國際機場
新特麗亞
哇～!!
轟～

這時爸媽興致越來越高!!
我一直很想去中部國際機場看看!!
我越來越興奮了~!!
轟轟—
哇!
哇!
因為連搭飛機對他們而言也是一件很新鮮的事……
那就是中部國際機場嗎?!
轟轟~
那時機場才完工不久，還很新……
於2005年啟用
這機場蓋得很棒耶~!!
好新喔~!!
國際線出發
哇!
哇!
哇!
哇~好多飛機喔~!!
直子，來，幫我們照張相!!
我們要搭的是哪一架?
站那邊拍!!
爸媽光到機場就興奮得不得了。
耶!
耶!
飛機有照進去沒?!
就算旅遊到此結束，他們大概也會很滿意吧……
接著到旅行社櫃檯辦理報到手續。
看到了看到了♡
微笑旅遊
在那裡
呼

行李我們全部要自己帶上飛機。
好的，行李裡面有沒有刀剪或超過1百CC的液體？
沒有吧？
轉頭
我帶了刮鬍刀和刮鬍膏。
我也帶了化妝水和剪刀。
我不是說過行李要自己帶上飛機，裡面不要放那些東西的嗎?!
妳有說嗎？
呆～
嘿嘿～
媽妳帶剪刀要做什麼!!
結果行李只好改成托運……
對不起，行李還是托運好了……
好的～
行李托運不用自己提，多輕鬆啊～
……哼!! 全都靠我，可是我說的話都沒在聽!!
飛機要坐多久？
那我們今天要去哪裡玩啊～
也完全不知道行程
氣
氣
氣
我實在有點火大……
不，這次是孝順爸媽之旅!!
要忍耐 要忍耐
我懷著這樣的心情出發前往韓國!!
轟轟～

爸媽有一陣子很迷韓劇
哈哈哈
是我太愚蠢了!!
還在看!!
而且一再重複看喜歡的那一集……
哈哈哈
是我太愚蠢了!!
又在看這一集……
時隔半年回老家看他們還在看同一集……
哈哈哈
是我太愚蠢了!!
又在看了……
該不會是失智了吧……
不記得已經看過了……
不由得有點擔心。

帶爸媽去韓國旅行（抵達篇）

在飛往首爾的飛機上……
轟～
很少搭飛機的爸媽一直處在興奮狀態。
轟——
歡欣
雀躍
首爾
啊，送飲料過來了，你們要喝什麼？
請慢用～
蛤？
有什麼飲料啊？
嗯～有茶、柳橙汁、蘋果汁還有湯吧？
嗯……
清湯之類的……
湯……？還有湯喔?!
湯?!
啊
請問要什麼飲料？
驚
日語
啊……
湯……
湯～～!!
爸爸聲音宏亮地回答……
好的
心情超好♡
真的那麼高興嗎……
對了……我想你們一定沒預習……
湯♥
湯♥
媽媽也是喝湯♥

不過至少應該記一下「ann-nyonn-ha-se-yo」跟「kamu-sa-hamu-ni-da」這兩句。
ann-nyo……? kam……ha?
「ann-nyonn-ha-se-yo」是「你好」「kamu-sa-hamu-ni-da」是「謝謝」
然而爸爸練習了幾次還是記不起來……
a…… ann-nyo…… ka……kamu…… kamusa……
糟糕！下面的我怎麼也記不起來。
hamu…… kamu……
那～ ann-nyonn-ha-se-yo 你就想是在跟長谷川先生打招呼，kamu-sa-hamu-ni-da 你就想是一邊咬著火腿。
ann-nyonn-ha-se-yo～
（你好，長谷川先生）
長谷川
kamu-sa-hamu-ni-da
（謝謝）
一邊咬著火腿
有道理～!!
不知不覺間就到了首爾……
ann-nyonn-ha-se-yo～ kamu-sa-hamu-ni-da～
很好很好!!
轟轟
忐忑不安地看他們通關入境……
要不要緊啊～
希望不會被問問題
爸爸終於初次來到日本以外的國家!!
賀・初次出國
哇—
啪啪啪

譯註：長谷川——日本人的姓，發音為 hasegawa；日文的咬、嚼（噛む）發音為 kamu；火腿（ハム）的發音為 hamu。

隨後也順利見到來接機的當地導遊，暫時鬆了一口氣。
高木小姐 歡迎您們來到首爾～
還請多多關照～
微笑旅遊
啊，爸把你剛才背的那兩句打招呼的話，拿出來練習一下嘛～
韓國人
微笑
推
推
那個 ann-nyo……
啊，對齁，嗯……ann……ann-nyo……
ann-nyo……
支吾……
啊，我忘記要跟誰打招呼了。
??
是跟佐佐木先生嗎？
昏倒
好不容易才記住的韓文也沒能適時發揮……
接著是行程中本來就有的簡單參觀市內。
景福宮（朝鮮王朝時代的王宮）
這邊請～
一方面由於這天參加成員只有我們一家人……
哇～
因此導遊非常體貼周到。
這座建築物就是1萬韓圓的鈔票背面的畫。
哇！真的耶!!一模一樣!!
這個
10000 WON
走走看看之後，來到傳統茶的 cafe 歇歇腳。
我們準備了冰的五味子茶和傳統點心。
哇—♥

這五味子茶因為女星李英愛也常喝，所以爆紅。
真的?!
也可以養顏美容喔
李英愛就是爸爸超愛看的那部韓劇的女主角……
大長今
咩~!!
沒錯!! 我在電視上看過介紹!!
真好喝!!
爸爸的心情更嗨了!!
然後來到飯店……
這房間很不錯嘛!!
撲通~
外面的風景也很漂亮喔~
想說機會難得，就訂了一家好一點的飯店，房間果然很不錯……
休息一會兒之後，我們來到飯店附近一處名叫明洞的商業區。
嘈雜
嘈雜
嘈雜
本來打算這天晚上去吃石鍋拌飯的，不料……
來到韓國就應該吃烤肉，不是嗎？
什麼?!
MAP
怎麼這樣?! 我沒有先找找哪家店的烤肉好吃耶!!
隨便進去一家不就好了嗎？
譬如這家
我也吃烤肉就好~
那裡有日文菜單嗎?!
爸爸平常不是很少吃肉的嗎~
心花怒放的爸爸突然這麼說，因此我們臨時改變計劃進到烤肉店。

隨便走進的那家店
果然沒有日文菜單……
哇哈哈
噝~
都是韓文
根本看不懂!!
剛才還很有精神的爸爸
突然沉默下來。
氣~
……
……
嘈雜
人聲
直子交給妳了
之模式
沒辦法，只好把上次來首爾
旅遊時學會的幾句韓文
拿出來用……
me……meccyu
cyuseyo。
(我要點啤酒)
two~
ne~
然後看菜單上的照片和用我會的
一點點英文，勉強點好菜。
嗯~……
this~
嗯~
嗯~……
and this……
店員
也介紹我
一些招牌菜
不說話
來~
乾杯~!!
hite
hite
hite
話又說回來，韓國料理店
通常不用點就會先送上泡菜
和拌菜等給客人下酒，
這也省了我們很多麻煩。
呼~
好累喔~
啊，
這水泡菜
好好吃~
咚
咚
hite

隨便點的烤肉也很美味……
哇哈哈
現場幫我們煎烤內臟的桌邊服務
喀嚓
喀嚓
喀嚓
喀嚓
嗞—
哇—♥
然而爸爸卻似乎喝不慣韓國的啤酒……
這啤酒感覺好像走了味……
韓國的啤酒好像喝起來比較沒勁。
hit
其他人都沒在喝啤酒耶……
他們在喝的那綠色瓶子的飲料是什麼啊？
嘈雜
哇哈哈
嘈雜
啊~那是真露。
韓國的燒酒……
真露喔?! 我們要不要點點看？
你敢喝真露喔？
我想喝喝看♥
平常不是都不喝酒的!!
於是爸爸開始喝起真露……
呼~這個比較好喝!!
哇哈哈
妳爸不會喝醉吧……
很多
참이슬
好大一瓶……
老爸在這種地方喝醉了可麻煩，所以當女兒的我也努力地幫忙喝……
給我!!
咕嚕
咕嚕
咕嚕
咕嚕
咕嚕
媽媽也不太會喝酒

結果兩個人都喝醉了。
嘈雜
嗝～
要不要緊啊～
嘈雜
떡볶이
肚子已經很飽了，可是還是忍不住在路邊攤買了辣年糕和煎餅回飯店……
看起來很好吃!!
嗯～this和～
this～♡
幾乎全是媽媽一個人吃掉的……
煎餅好好吃喔!!
我要全部吃掉了喔～
※媽媽食量很大
呼～
呼～
在首爾的第一天結束了……
呼～
呼～
第二天早上……
呼～
……啊?!
被爸爸的睡相之差給嚇得一躍而起……
呵～
呼～
呼～
海獅的睡姿♥
起身
這一天是特別安排的當地團行程，前往堪稱這次旅遊最大重點，參觀爸媽喜歡的韓劇拍攝地。
當地團的巴士到飯店來接我們
早～!!

那是一部相當受歡迎的韓劇，因此巴士裡也幾乎都坐滿了……
大多是女性
哈哈
哈哈
呵呵呵
噫？好像只有爸爸一個男的耶。
糖果
在車子裡回顧著劇中的精采片段等……
噗～
這未免太過分了
大家都是這部韓劇的忠實戲迷
啊～
我也好想哭喔～
啊～
嗚～!!
就是這一段沒錯!!
我們來到一處完全保留劇中外景布景的拍攝地。
這邊請～
絡繹不絕
到處都有在劇中看過的景點，大家好不興奮……
哇～這裡就是她常在做菜的廚房耶～
沒錯沒錯～
這裡就是她被關起來的牢房～
哇
啊～
啊
這裡就是她被中宗叫住的地方～!!
爸媽也非常高興，可是……
我進去牢房，妳幫我照張相～
好吧～
哈哈哈
哈哈哈
參加團的宿命是不能影響團體行動，也因此不能慢慢地參觀。
那我們要去下一個地方了～
絡繹不絕
要照就趕快進去嘛!!
哇！大家要走了!!
快點快點!!
推

※現在（2015年）這裡好像已經關閉了。

但是我們在這裡也不能久待……
請大家開始去換衣服囉
我們要去下一個地方了!!
什麼?!
我才幫爸爸照沒幾張照片就要走了……
就這樣參觀拍攝地也匆匆忙忙結束了……
噗~
我還想再多看看呢……
好好玩喔~
氣~
嘻 嘻
我們接著來到……
嘻嘻
一家人蔘工廠參觀，這是旅行團附帶的一項行程。
請跟我來~
我對這實在沒什麼興趣……
絡繹不絕
……
人蔘展示
而且說是參觀，重點其實是推銷產品。
參考看看喔~
嘈雜
嘈雜
商品價格昂貴，大家都有點敬而遠之……
哇~好貴喔……
我不要買~
我也是~
好貴喔~
謝謝您的惠顧
噫?
沒想到有一個人去買了……
歡喜
歡喜
歡喜
那就是我爸!!
昏倒

爸，這一個要4千2百日幣耶!!
他們也收日幣咧～♡
日幣也OK～
木盒包裝
人蔘精
真是的～
禁不起人家的鼓吹……
歡喜
歡喜
歡喜
歡喜
這之後安排有韓國宮廷料理的午餐……
菜色多樣非常豪華!!
哇喔～!!
豐盛——
我們30分鐘後出發。
哎喲～
30分鐘!?
嚼
嚼
嚼
嚼
嚼
然而在這裡的停留時間也很短，大家只好加快速度猛吃。
湯太燙了，我沒喝完……
嗚嗚……也沒時間點啤酒……
而且接著來到的地方……
呼～
怕湯
好可惜……
DUTY FREE SHOP
cosmetic
來這裡做什麼～??
閃
閃
又是旅行團一定會安排的免稅商店。
名牌商品琳瑯滿目～～

爸媽果然對這種地方完全沒興趣，所以我們就到附近散步，等集合時間再回來。
呆～
嗚嗚……午餐的時間那麼短就是為了這……
約40分鐘
嗯～早知道就自己努力一點去拍攝地，然後慢慢走慢慢看還比較好……
我一邊有點後悔……
一邊跟團來到最後的觀光景點昌德宮。
昌德宮
建於1405年，李氏朝鮮時代的宮殿。
世界遺產
嘈雜
嘈雜
嘈雜
嘈雜
這裡也非常富麗堂皇，而且比較能慢慢參觀……
哇～好精緻的裝飾!!
好漂亮喔～
另外這裡也有一處電視劇景點……
她和生病的中宗就是在這池邊散步的!!
沒錯沒錯!!我有印象!!
就是這裡啊～!!
然後旅行社把我們送回飯店，行程到此結束。
啊～好累喔
撲通

不過也因為參加團才可以去很多地方……
呼~
呼~
呼~
呼~
還包含飯店接送，這樣是比較輕鬆沒錯……
想著想著也就進入夢鄉，睡了將近1小時的午覺……
晚上在預先找好的一家韓式餃子店用餐。
也有日文菜單，不用擔心。
很快就到了此行的最後一天……
今天到傍晚出發之前都是自由時間!!
嗯~……去哪裡好呢……
嘩啦
嘩啦
首爾
正在拿不定主意的時候……
我想買第一天喝的那種五味子茶帶回去……
嘀咕……
聽到爸爸這麼說……
於是就搭地下鐵……
應該是這電車沒錯吧……
轟隆
轟隆
忐忑
不安
要搭這個是嗎?
首爾
來到賣韓國藥材和食品等店家林立的京東市場。
명품정육점
嘈雜
順利抵達~
嘈雜
嘈雜
嘈雜
好熱鬧喔~!!

看來這裡是一處深受當地居民歡迎的大眾市場……
嘈雜
嘈雜
嘈雜
大蒜好多喔……
到處賣的都是我們很少見到的東西……
這是什麼粉啊？
蝦？
啊～仔細一看，原來是一把一把的蜈蚣乾耶～!!
而且我又看不懂韓文，有點不知如何是好……
啊，那個不就是五味子茶嗎？
오미자
不過總算找到像是五味子茶的東西!!
嗯～This Omija？
Yes。
我想買一包自己喝，一包送人。
구기
오미자
我也要一包，那就這1萬3千韓圓的3包好了。
this this this……
我買3包，discount please。
還試著殺價……
13000W
13000W
13000W
喀嚓喀嚓
耶～3個算我們3萬6千韓圓～!!
36000
砰
哇—
結果人家真的算我們便宜一點♡

啊，對了，爸你利用這機會說一下那個嘛！
啊!! 這個…… kamu…… kamu-sa……
耳語
低聲
咬火腿的那句……
kamu-sa-hamu-ni-da～
會說了!!
哈哈哈
kamu-sa-hamu-ni-da。
儘管有各種辛苦，不過這回能帶爸媽出國玩……
爸爸能用外語跟當地人對話……
哈哈哈
kamu-sa-hamu-ni-da～
會說了
會說了!!
感動～～……
這趟旅行或許已經沒什麼可遺憾的了……
然後我們接著去百貨公司裡的餐廳吃韓式冷麵……
好好吃喔～!!
我還是第一次吃到這種麵！
呼嚕～
放了梨
爸媽都說在這裡吃的冷麵是這次旅行中吃到最好吃的。
我們決定最後去登N首爾塔。
爸爸很喜歡高的地方♥
就是那個～
哇－

我們搭纜車去N首爾塔的入口，沒想到……
迅速
動作
先坐上纜車的乘客還讓位給爸媽。
嘿嘿……
kamu-sa-hamu-ni-da~
對齁……爸媽已經是會有人讓座的年紀了……
風景好漂亮~!!
我又如此心想……
大山和樓!!
哇!!
旅行結束了——
我玩得很高興。
難得天氣也都很好!!
謝謝妳帶我們出國玩。
嗯~
轟轟——
現在有護照了，我們就再出國去別的地方玩吧！
也希望你們一直都健健康康的!!
轟轟
說得也是!!

旅遊的回憶
韓國篇

吃傳統點心配冰的
五味子茶，小歇片刻。

媽媽讚不絕口!!
爽口的韓式冷麵!!

賣很多我不知道是什麼
東西的京東市場。啊，
那個是不是五味子茶?!

熱鬧的明洞，
讓人不由得
興奮起來。

整修老家

我的老家……
是屋齡38年的木造兩層樓建築……
呼～
很多地方年久失修，而且冬天冷風會從四處灌進來，非常冷……
哎喲
嗚嗚……點暖爐也沒什麼用……
凍僵
凍僵
咻
咻
柿餅
沒有那麼冷啦！
是妳自己怕冷
在家裡一天到晚穿著羽絨衣的人說這種話?!
而且一直待在暖爐的前面!!
習慣東京大樓生活的我實在受不了這種冷……
東京的家開個暖氣，屋裡很快就暖和了～
我來泡個茶吧……
也給我一杯吧～
無謂的大窗戶
呼～
家裡就跟冰箱一樣……
特別是位在北邊的廚房冷得就跟冰窖一樣。
哇～我不要在這種廚房做飯洗碗啦～
冷颼颼
冷颼颼
哎喲～腳好冰喔～
因此我從前些時候就跟爸爸建議整修家裡……
我們把這個房子整修得暖和一點嘛!!
放隔熱材、改成熱地板!!
做雙層窗!!
我受不了了!!

可是爸爸似乎不感興趣。
才這樣妳就叫冷，那會被阿信笑喔。
阿信
嚴冬在河邊洗衣服
爸爸是《阿信》的超級戲迷♡
那是什麼時代的故事啊!!
吼!!!
浴室和洗手間也冷得要命!!
冷～
鋪磁磚很冷
洗完澡出來，如果更衣處很冷，會因為溫度差太大昏倒耶!!
冬天不是常有這種報導!!
會中風耶!!
……
嗯～我想馬桶倒是可以換成有溫水洗淨的……
終於有點反應了?!
嘟囔
嘟囔
嗯……
關於整修家裡，媽媽倒是意願頗高……
我是很贊成整修……
我希望家裡面也有可以晾衣服的地方……
我們3個小孩也都一致贊成……
為了將來著想，應該裝扶手還有改成無障礙住家吧?
可以改成全電化
熱烈討論
弟
他們也常說膝蓋痛
現在睡覺時是鋪棉被，我想應該改成睡床了。
熱烈討論
我可以出點錢幫忙
姊

然而爸爸還是遲遲不肯行動……
天花板都在漏水了~
哇~
哇~
Let's reform
……
漠不關心
我平常住在東京，很難有時間跟爸爸好好談一談。
東京
唉~真是的!! 年紀一大，就變得很頑固!!
皇帝不急急死太監
只要稍微整修一下，保證可以住得更舒適……
是說我們家的東西也太多了!!
舊雜誌
幾乎都是爸爸的東西
舊報紙
唱片
小冊子
一大堆錄影帶
不穿的衣服
全都是些不要的東西!!
我經常叫爸爸這些東西要整理整理，可是……
這邊這些莫名其妙的東西通通丟掉好了~
根本都沒有在用嘛!!
蜜柑
亂七八糟~
那些我都還要喔!!
不能丟!!
其實你自己也搞不清楚這些是什麼東西吧?!
亂七八糟~
也絕對不會再看的!!
我打算以後慢慢整理，當作晚年的樂趣。
現在都不好好整理了，以後會做嗎？
老實說，你現在已經是晚年了!!
爸爸嫌麻煩一點也不整理……

或許這也是爸爸提不起勁整修老家的原因之一。
要整修的話，那些東西就得全搬走。
看來爸爸不喜歡人家叫他整理東西……
我自己是希望老家的東西能減少一點，弄得井然有序一點。
就夫妻兩個人也不需要那麼多東西……
沒地方收的東西就做一個壁櫥來放。
大又好用
兩個人都很不會整理東西，所以要讓他們一目了然容易收納。
砰!!
不過把門關上就顯得整齊美觀♥
又冷又暗的廚房和客廳連在一起，變成廚餐客三合一開放式空間!!
要喝茶嗎？
嚮往的中島廚房♥
說話也方便♥
發現狸子!!
現在曬棉被曬衣服都有點辛苦……
嘿咻……
把棉被拿到2樓去曬……
好高……
好冷……
呼
做一個木作露台，可以在那裡曬棉被曬衣服……
從寢室就OK♥
下雨天也可以晾在室內
噗
啾
啾

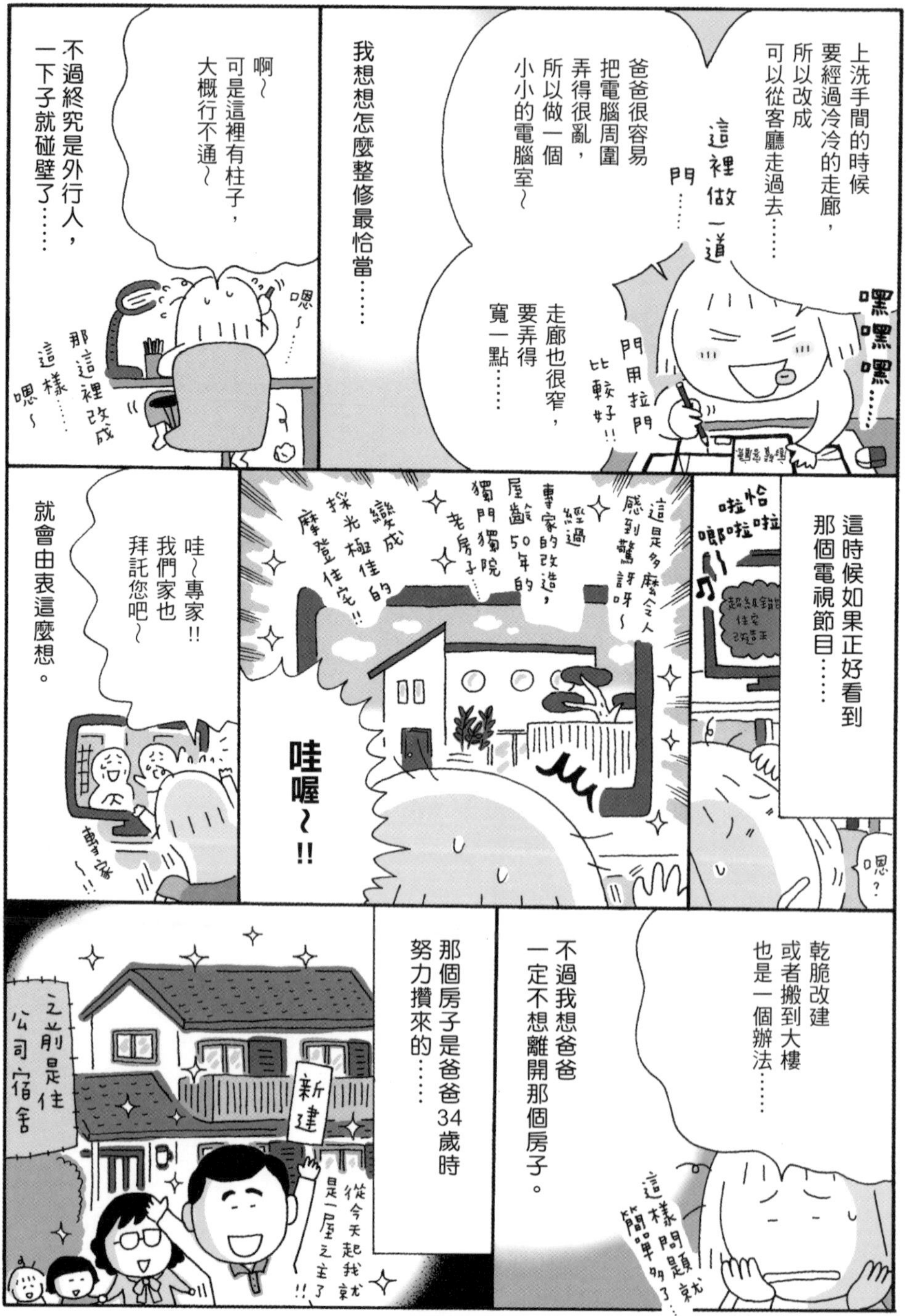

上洗手間的時候
要經過冷冷的走廊，
所以改成
可以從客廳走過去……
這裡做一道
門……
嘿嘿嘿……
門用拉門
比較好!!
爸爸很容易
把電腦周圍
弄得很亂，
所以做一個
小小的電腦室~
走廊也很窄，
要弄得
寬一點……
我想想怎麼整修最恰當……
嗯~……
啊~
可是這裡有柱子，
大概行不通~
那這裡改成
這樣……
嗯~
不過終究是外行人，
一下子就碰壁了……
這時候如果正好看到
那個電視節目……
恰啦啦
啷啦啦
嗯？
這是多麼令人
感到驚訝呀~
經過
專家的改造，
屋齡50年的
獨門獨院
老房子……
變成
採光極佳的
摩登住宅!!
哇喔~!!
哇~專家!!
我們家也
拜託您吧~
專家~!!
就會由衷這麼想。
乾脆改建
或者搬到大樓
也是一個辦法……
這樣問題就
簡單多了……
不過我想爸爸
一定不想離開那個房子。
那個房子是爸爸34歲時
努力攢來的……
新建
從今天起我就
是一屋之主了!!
之前是住
公司宿舍

弟弟在這個房子出生……
哇~
我們家變成5個人了~
我們開始上學……
閃亮的一年級生!!
畢業……
成人……
我回來了、
在門口幫我照一張~
這房子充滿了種種回憶。
以前我在搬家公司打工時，看到一對老夫婦搬家的情景。
麻煩你們了~
他們似乎在那裡住了很久，衣櫃一搬開痕跡分明……
嘿咻
嘿咻
掉了很多東西↓
聽說是要搬去和遠方的兒子一家同住……
哇ー
哇ー
但是當全部的東西都搬走時……
空蕩~
唉……裡面都沒東西了……
原來房子這麼大……
那對老夫婦流著淚……
都好了~

父母對房子的留戀一定超過兒女的想像……
我想還是朝整修方向走比較好……
於是上網查查看似不錯的裝潢公司……
喔，這家公司離老家很近嘛！
整修房子找我們就對了!!
免費估價
喀嚓
喀嚓
也問問有整修房屋經驗的朋友。
最好要裝扶手喔~
喔~
住在家鄉那裡的弟弟也帶爸媽去參觀住宅展……
妳弟弟好像對隔熱材之類的很有興趣。
弟弟
真的?!
老爸總算被我們說動了……
先找人家來談談看就好……
嗯~
終於進行到找裝潢公司來免費估價!!
我想先了解一下各位的想法~
全家人集合
對方也提出了幾個整修方案。
哇喔~
方案A
方案B
這個方案客廳變得很寬，很不錯耶!!
不過考慮到便利性的話，應該是這個比較好。
哇-
哇-
……
爸你覺得哪一個好呢？
方案A
方案C

每一個都不怎麼樣。
然而爸爸似乎還是持拒絕態度。
!!
躺
妳爸就是這點很頑固。
媽媽喜歡的是方案B……
嗚~怎麼這樣~
實在搞不清楚爸爸是怎麼想的。
爸爸辛苦工作那麼多年……
……
我希望他晚年能住得舒服一點，就算多花一點錢……
該不會是想把錢省下來多留點遺產吧？
看起來好像沒在想什麼啊……
嗯~
可是，老爸啊……
呆~
我這相隔遙遠的女兒希望與其擔心你們在家裡會不會發生危險、會不會生活不便……
賊風
忘記瓦斯爐上在燒開水
靠暖爐太近屁股燒焦
發生地震時的危險物品
呼~
哆嗦
哆嗦
天冷懶得去上洗手間
寒冷徹婿
倒不如讓你們住得安心……

於是……
嗯~
仍不放棄整修老家計劃的我，每次回去就清一些東西，整理一下家裡……
很久很久以前全家出去旅行時的旅遊導覽還有入場券都跑出來了~
這不要了吧~？
哎喲~莫名其妙的空罐子收集品也跑出來了~
這是什麼呀~!!
變成雜物間的房間
亂七八糟~
大人
小孩
HOTEL
EXPO
日本史
相撲
NOTE
photo
也努力推薦爸爸看那個節目……
爸~我們看這個吧~
恰啦啦啦啦啷~♪
超級全能住宅改造王
哇喔~蓋了40年的房子耶!!
跟我們家有點像嘛~!!
……
說得好!!繼續繼續!!
奶奶爬樓梯吃力得很……
冬天冷得不得了的浴室
全家人不能齊聚休憩的客廳
哇喔~!!
這是多麼令人感到驚訝呀~
好厲害喔!!完全改觀了耶!!
嗄咕
嗄咕
!!
經過專家的改造，變成了採光佳便利性高的空間……
哇~正是精采的部分耶~!!
爸你醒醒~嘛!!
呼~
現在我依舊在努力推動整修老家計劃。

總之爸爸就是捨不得丟東西……
丟掉可惜……
丟掉可惜……
窸窣
窸窣、
窸窣、
不過問題是他根本不會整理東西，這才傷腦筋。
留著如果整理得好一點，那還可以接受～
例如分類歸檔
氣
氣
這樣堆著只會積灰塵而已嘛!!
亂七八糟
而我不太想讓爸爸看的節目是這個……
一……十……百……
50年前的雜誌價值15萬日圓!!
¥ 150.000
○開運鑑定團
喔～
!!
看來什麼東西都應該留下來!!
以後我也會好好珍惜的
搞不好有一天就變成寶了!!
啊～拜託不要給我爸這種資訊～

從以前到現在我爸爸最喜歡的食物一直都是「沙丁魚丸湯」。
沙丁魚肉剁碎做成的丸子
加牛蒡和蔥
醬油口味
這道菜很費事，所以偶爾才會做，可是……
從生的沙丁魚開始動工
啊！
咚
咚
咚
咚
沒有牛蒡，丸子湯裡面不放牛蒡可以嗎？
起身
啊
丸子湯裡面沒有牛蒡?!
那怎麼可以!!
因為是自己最喜歡的食物，爸爸連忙跑去買了……

與父母遊三重

我和爸媽每年會一起出去旅行一次……
可是今年沒時間去很遠的地方。
那就在比較近的地方住一晚……
溫泉
紅葉
渡輪
螃蟹
有一回想說好久沒在家鄉那裡走走看看了，因此決定來個2天1夜的三重之旅。
首先來到的地方是伊勢神宮的外宮~!!
伊勢神宮有外宮和內宮，正確的參拜順序是由外宮開始。
那我們走吧!!
啊，直子！
前行
跨步
我們肚子餓了。
才9:30
咕
明明吃過早餐才出門的，爸媽卻已經在說肚子餓了……
於是先到附近的伊勢烏龍麵店填飽肚子。
好吃~!!
好好吃!!
看來爸媽這次出來也很高興……
麵條較粗，口感Q彈，淋有濃濃的醬油味調味醬。
然後來到伊勢神宮參拜!!
哇!!

＊（おかげ横丁）(okageyokocho)

小時候也來過伊勢神宮，不過……
這種地方不好玩～
我不要啦～
我要回家
我好累喔～
妳走路走好啊！
直子，下次不帶妳出來了喔～
老實說，小時候的我完全不懂得感受伊勢神宮的好。
而現在……
呼～
哇！
一穿過鳥居，就覺得空氣突然變得不一樣了耶～
感覺很涼爽吧～
這裡果然是神聖的地方～
現在會有這種感覺……
內宮也煥然一新
啪 啪
長大成人以後和家人出來旅行也是別有樂趣。
之前為今天晚上要住哪裡很傷腦筋……
住伊勢也是不錯，可是又想泡泡溫泉、吃吃美味海鮮……
嗯～
直子旅遊
於是決定到鳥羽市，再渡海到名叫答志島的島上住一晚。
答志島
從鳥羽搭定期船約25分鐘
往松阪
伊勢市
外宮
二見
鳥羽
近鐵線
內宮
往志摩

我們搭船……
轟轟～
嚼
嚼～
都昆布……
點心
都昆
來到島上，接著去住宿旅館辦入住手續……
歡迎光臨～
這裡是3位的房間。
哇!!
窗外就是一片美麗的海景!!
太棒了!!
哇～漂亮的海景一覽無遺!!
然後去洗溫泉……
嘩啦～
從溫泉也可以望見海♥
晚餐不知道會多豐盛～
嘿嘿嘿……
超期待旅館的晚餐……
這是龍蝦、鯛魚和海螺的活三鮮生魚片。
澎～湃!!
!!

譯註：都昆布（みやここんぶ）(miyakokonbu)，醋昆布的品牌。

哇～
這龍蝦好大喔!!
請慢用～
鯛魚也好大喔!!
還活著耶!!
動
沒想到端上來的是超乎想像的豪華生魚片!!
哇
接著給您上的是另一道生魚片和活跳蝦、烤大玄蛤和烤海螺、生小沙丁魚和醋拌章魚……
咚
咚
活蹦亂跳
料理一道接一道地上桌。
哇～
這鯛魚生魚片又甜又有嚼勁!!
好好吃喔～!!
可是量對我們3個人來說有點太多了……
不知道為什麼肚子一下子就飽了。
呼～
啊，爸你有糖尿病，不能吃太多喔!!
你今天也吃了紅豆麻糬湯!!
媽媽是很會吃的人，不過最近大概是年紀大了，食量變得比較小……
媽……不好意思，妳加油幫忙把這蝦吃完，好不好？
蛤?!
活蹦亂跳
活跳
不太敢吃
我最近牙齒不太好。
媽媽說
不過媽媽還是努力地吃……
努力
努力
努力
非戰力
呼
呼
嚼
嚼
活蹦亂跳
早知道就叫弟弟也一起來……
弟
住在三重

終於吃完了!!
我把蝦子全吃完了……
呼~
辛……辛苦了……
食量雖然變小了，還是很厲害……
嗝……
我看以後帶爸媽出來旅行，吃的方面要再考慮一下……
量少的健康套餐
之類的……
銀髮族套餐
嗯……
我稍微這樣反省……
第二天是雨天……
嘩啦~
沒想到這一回還是碰到下雨……
嘩啦~
頹喪……
泡泡的神力撐不了雨天……
下雨怎麼出去玩呢？
雨男
最後決定參加旅館主人開車載住宿客人逛逛島內的迷你旅遊。
費用1人500日圓
旅館主人
這附近一到了早春就會瀰漫燙剛撈起的裙帶菜的味道。
因為沒有人會偷，所以島上的人幾乎都不拔摩托車的鑰匙。
真的?!
哇~真的耶！鑰匙插在上面沒拔耶!!
哈哈哈
這棵樹因為樣子看起來很像龍，有一陣子還爆紅~
的確很像!!
雖然只是大約1個小時的家庭式導覽，但是……

他們帶得非常不錯啊!!
好有趣喔~!!
爸媽都非常高興……
很少可以聽到那方面的介紹!!
帶我們去的地方都很棒咧~!!
對對……啊。
看來很興奮……
在回程的船上也興高采烈。
回到鳥羽之後……
雨還不停……
珍珠城
TOBA
Pearl Town
♪
我們來到鳥羽水族館……
爸爸拍水獺睡午覺的樣子……
喀嚓
喔~
……
我拍爸爸拍照的樣子……
喀嚓
很大
屁股……
忍不住想拍
爸爸的屁股很大……
又去吃名產什錦壽司當午餐……
將鰹魚、鮪魚等紅色魚肉醃在醬油調味汁裡，再搭配醋飯的一種壽司。
我還很想做一件事……
那就是在夫婦岩前面幫爸媽照張相!!
夫婦岩
和夫婦♥
嘩啦~

譯註：名產什錦壽司（てこね寿司）(tekonezushi)。

於是吃過飯就前往夫婦岩所在的二見。
二見興玉神社
耶~!!雨停了!!
嘩啦~
我們到夫婦岩了~!!
鏘—!!
你們兩個站好，我幫你們照張相!!
我們找那個拍好不好?
什麼?!
要不要照相啊~
紀念攝影服務
這種很貴的耶~
難得嘛~做紀念啊!!
結果是3個人一起合照。
好，要照了喔~
二見ヶ浦
嘩啦~
雖然是一趟很短的旅行，可是很近很輕鬆，爸媽也玩得很盡興……
回程小奢侈一下搭最新特急「島風」(しまかぜ)(shimakaze)
喔~這椅子還可以按摩耶!!
這好耶~!!
真想一直坐著!!
嘰~
嘰~
哈哈哈
嗯~下次要去哪裡好呢~?
二見ヶ浦
紀念攝影服務

旅遊的回憶 三重篇

來伊勢絕對不能錯過
這Q軟的伊勢烏龍麵!!

超新鮮的海鮮!!
爸媽也嚇一跳!!

參拜伊勢神宮的內宮。
超人氣的景點。

很棒的一天。黃昏時分由答志島的旅館望出去的景致。

和爸媽出遊得到的教訓①
啊，電車快來了!!
本班次
下一班次
快一點～
不料才說完……
爸爸跌倒了。
!!
跌跤
啊!!
都是妳叫我快一點～
沮喪
沮喪
沮喪
沮喪
沮喪
對……對不起啦……
不可以催上了年紀的父母動作快。

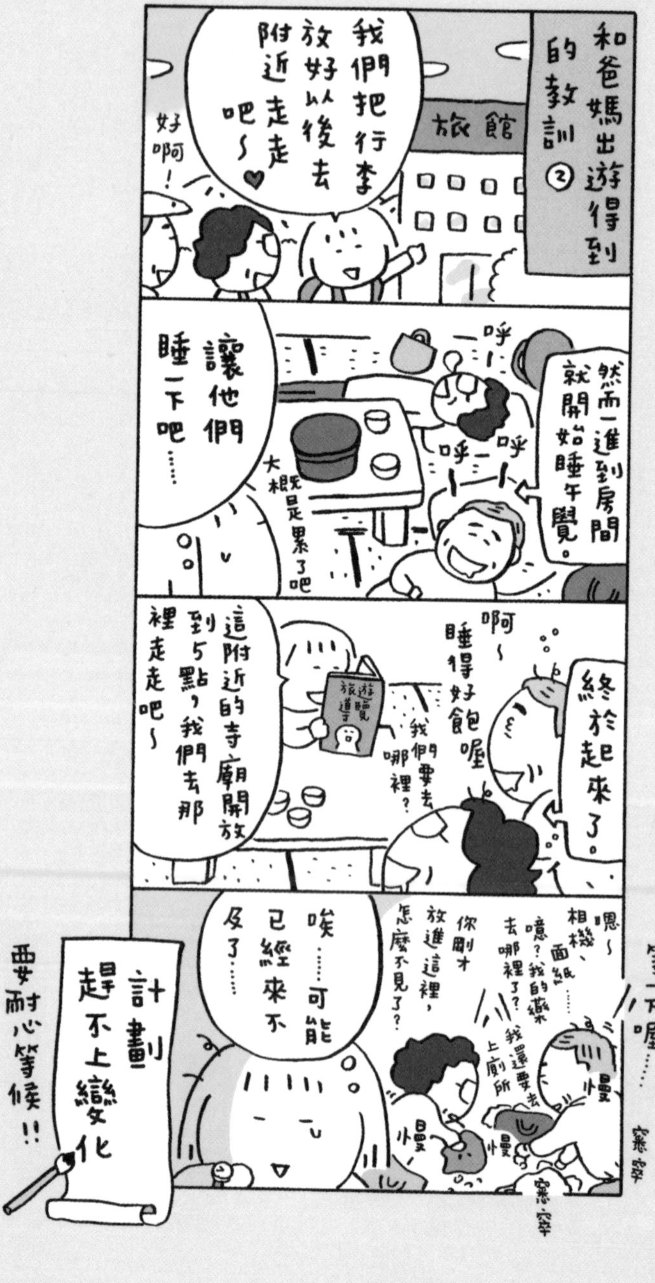
和爸媽出遊得到的教訓②
旅館
我們把行李放好以後去附近走走吧~♥
好啊!
然而一進到房間就開始睡午覺。
呼~
呼~
呼~
大概是累了吧
讓他們睡一下吧……
終於起來了。
啊~睡得好飽喔
我們要去哪裡?
這附近的寺廟開放到5點,我們去那裡走走吧~
旅遊導覽
等一下喔……
嗯~相機、面紙……
噫?我的藥去哪裡了?
我還要去上廁所
你剛才放進這裡,怎麼不見了?
唉……可能已經來不及了……
慢
慢
慢
窸窣
窸窣
計劃趕不上變化
要耐心等候!!

冬天回老家

每年快到年底時……
12月
呼~
今年要不要回家過年呢……
呼~
可是好像也不用在這時候跟人家擠……
反正我是自由業……
新幹線的票也很難買……
每年都會為了要不要回老家過年小傷腦筋。
跟朋友說我要「回家過年」，別人的反應經常是……
哇~真羨慕妳可以回家過年，享受父母的愛心，悠閒地過年!!
不過通常回到老家，看到家裡亂七八糟的，就很生氣……
家裡怎麼亂成這樣?!
囉嗦
囉哩
一直罵人
老家到處都是縫隙，一到冬天超冷的……
啊~不敢脫外套。
在家裡呼出來的氣也是白的
但是在我老家過年可不是那回事。
天氣冷加上做家事，手和皮膚都會變得很乾燥……
自暴自棄
想想一年前我也是猶豫要不要回老家過年……
嗚~完蛋了！工作做不完~
已經很努力了怎麼還那麼多……
這種時候還是不要回家過年吧……
一方面也因為工作還沒交差，所以沒回老家過年。
嗯~我想今年就留在東京過年~
春天的時候再回去~

年底回到老家，每每因為準備過年忙得不可開交……
什麼～魚板要6百日圓!!
迎春
嘈雜
年飾買這個可以嗎？
蕎麥麵買了嗎？
嘈雜
嘈雜
小松菜 398日圓
過年的價格!!
小松菜也很貴!!
嗯～還有乾鯖魚子、栗子甘露煮和蓮藕～
放年糕湯裡不錯喔!!
一個人的話就不用這麼麻煩。
不用特別準備什麼東西吧！
什錦年菜
年糕
螃蟹
嘈雜
嘈雜
嘈雜
買串香蕉吧！
大特價 98日圓
在東京迎接的新年……
這樣過年有些冷清，於是買了迷你圓形年糕。
小小的
哇～賀年卡送來了!!
打開
如果回老家，元旦的時候就收不到賀年卡了。
寂靜的新年……
行人果然比平常少很多。
大家都回去過年或者去旅行了吧！
不知道爸媽現在在家裡做什麼～
啾
啾
這時間會不會正坐在暖桌那裡吃年糕湯呢？
會稍微想像一下。
新年嘛，至少應該去拜拜一下～

再過幾年如果爸媽都往生了……
叮噹~
叮噹~
喀啷
喀啷
喀啷
叮噹~
啪
啪
啪
嘈雜
嘈雜
嘈雜
我會怎麼過新年呢……?
家鄉那裡雖然有弟弟一家人和親戚朋友……
可是大概不會特地回去那裡過年吧……
希望今年也事事如意……
碎唸
碎唸
嘈雜
嘈雜
那是不是就像這樣在東京過年……
以前沒有認真想過這問題……
嘈雜
嘈雜
嘈雜
嘈雜
一直理所當然地以為
只要回到家鄉爸媽和老家就都在……
新幹線人很多嗎?
妳回來了~
不知道還能跟爸媽共度幾個新年……
或許還能煩惱要不要回家過年的時候，是很幸福的……
悲從中來
……

想著想著才大過年
就感傷起來……
奮起
我還是趕快工作才是!!
現在接力帶就要~
哇
哇
啊,在轉播箱根馬拉松接力賽耶!!
滾
一想到大家都在放年假,
也就提不起勁工作,
每天過得懶懶散散的……
已經開始出現返回工作崗位的人潮及車潮……
呼~
呼~
起司杏仁
就這樣年假一下子
就結束了——
哇~
我都在做什麼呀~
稿子一片空白
……我想起來了,
去年就是這樣。
今年……
去年我的結論是,
如果這樣倒不如
辛苦一點回老家過年
還比較好。
大掃除
年糕
跨年麵
年菜—
忙亂
忙亂
雖然很忙碌很辛苦,
可是少了那
也就沒有過年的感覺。
那也算是過年的特色吧……
而且爸爸對我沒回老家過年
似乎很不滿……
聽回家的妹妹說
那孩子過年也不回來?!
火冒三丈
我在家的名聲一落千丈
因此今年還是決定
回老家過年。
轟~

然後一到初一……
為什麼呢?!
哇哈哈
賀
正
番薯乾
我就突然沒電了，整個人變得很懶散。
懶～散
哇哈哈
沒有特別的活動
嗄咕嗄咕
媽媽去part time……
ㄗㄨ子，妳幫我搥搥背吧～
新的按摩用具
什麼?!
平常去的游泳池過年期間沒開，爸爸更是閒得慌……
哇哈哈
好了啦!!
新春笑點
好吧……
咚咚咚咚咚咚咚咚咚咚咚咚
再下面一點～
新春特賣會
所以就和爸爸到附近走走運動運動。
呆～
走走走走
以前養狗的時候也經常像這樣和爸爸一起散步，
如果有一隻狗一起散步一定更有趣。
可是現在沒養狗。
說得也是。
走走走

以前上網登記想要認養狗……
3隻混種狗
三重縣
於河邊被發現。
好可愛喔～♡
哇
我們規定60歲以上夫婦獨居的家庭不能認養，對此敬請見諒。
然而得到的回覆卻是這樣。
什麼？
對齁……現在開始養狗，有可能狗活得比人還久……
比狗先……
唉呀呀……
散步散步!!
汪汪
步履
蹣跚
或者不能帶狗出去散步……
結果再養狗的事也就不了了之，現在只有人和人一起散步……
呼～
呆～
呆～
走
走
走
不過努力健走也流了一身汗……
呼～
走了約1個半小時!!
噗 噗—
晚上一家人去附近的大澡堂泡澡……
賀!! 新年 日本清酒澡
媽媽
呼
撲通！

被罰白飯一碗？

雖然不是
標準的好女兒

……不過他們
後來就沒有
再叫我搬回去了。
從什麼時候開始
不再提了呢？
想想我上東京5年，
要出第一本書的時候……
嗯～
我最近要出一本
名叫《150cm Life》
的書……
我想這只是偶然的一個工作機會，
也就只跟爸媽淡淡地
提一下而已……
然而爸媽卻把事情
看得很大條，
以為女兒的夢想終於要實現了。
要出書?!
書上市的那天
爸爸連忙去書店……
怎麼沒有呢?!
沒有!!
張望
張望
張望
本月新書
發燒新書
我到處找，
終於在一家最大的書店
找到唯一的一本!!
買回來了!!
150cm Life
真的?!
爸爸把老家那裡的書店
進的唯一一本書買走了，
結果引起家人的爭議……
你把唯一的一本買回來，
那書店裡就沒有了啊。
唯一的一本就賣給了自己人!!
哇!
哇!

我是沒名氣的新人，所以出版社一刷印的書也很少，這也是沒辦法的事……
這裡的書店都沒賣妳的書耶!!
這裡是家鄉耶!!
嗚……嗯……
不過爸媽似乎認為這是女兒的一大危機……
要再擴大宣傳才行~!!
燃燒
燃燒~
熱情
150cm Life
兩個人竟然跑去名古屋推銷我的書。
我們兩個去名古屋的○○書店跟△△書坊跟鬧區的×××書店和◎◎堂宣傳妳的書!!
什麼?!
我之所以嚇一跳，是因為在我的記憶中，爸媽幾乎沒有兩個人一起出過遠門……
你們兩個人自己去名古屋？
是啊。
喔……有沒有一起吃個飯？
在車站吃了蕎麥麵!!
一問之下才知道他們好像很強迫推銷的樣子……
我們住隔壁縣三重縣，我女兒以前在名古屋上學上班，她最近出了一本書，還請多多關照。
什麼？
經過的書店店員
當然沒事先約好
哎喲~!!
沒想到爸媽會那麼支持我……
加上出版社也給我出第2本書的機會，我得更加努力才行!!
加油!!
加油!!
勤奮
勤奮
努力
努力
一個人住第5年

最新作品

便當實驗室開張
每天做給老公、女兒，
偶爾也自己吃

媽媽的每一天：
高木直子東奔西跑的日子

媽媽的每一天：
高木直子陪你一起慢慢長大

媽媽的每一天：
高木直子手忙腳亂日記

已經不是一個人：
高木直子 40 脫單故事

再來一碗：
高木直子全家吃飽飽萬歲！

一個人好想吃：
高木直子念念不忘，
吃飽萬歲！

一個人做飯好好吃

一個人吃太飽：
高木直子的美味地圖

一個人和麻吉吃到飽：
高木直子的美味關係

一個人邊跑邊吃：
高木直子呷飽飽
馬拉松之旅

一個人出國到處跑：
高木直子的海外
歡樂馬拉松

一個人去跑步：
馬拉松 1 年級生

一個人去跑步：
馬拉松 2 年級生

一個人去旅行
1 年級生

一個人去旅行
2 年級生

一個人暖呼呼：
高木直子的鐵道溫泉祕境

一個人到處瘋慶典：
高木直子日本祭典萬萬歲

一個人搞東搞西：
高木直子閒不下來手作書

一個人的狗回憶：
高木直子到處尋犬記

台灣出版16週年
全新封面版

150cm Life

150cm Life ②

150cm Life ③

一個人上東京

一個人住第 5 年

一個人住第 9 年

一個人住第幾年？

一個人的第一次

一個人漂泊的日子 ①
（封面新裝版）

一個人漂泊的日子 ②
（封面新裝版）

我的 30 分媽媽

我的 30 分媽媽 ②

TITAN 118

一個人好孝順

高木直子帶著爸媽去旅行

高木直子◎圖文
洪俞君◎翻譯　何宜臻◎手寫字

出版者：大田出版有限公司
台北市104中山北路二段26巷2號2樓
E-mail：titan@morningstar.com.tw
http：//www.titan3.com.tw
編輯部專線（02）25621383
傳真（02）25818761
【如果您對本書或本出版公司有任何意見，歡迎來電】
法律顧問：陳思成

填寫回函雙重贈禮❤
①立即購書優惠券
②抽獎小禮物

總編輯：莊培園
副總編輯：蔡鳳儀
行銷編輯：張筠和
行政編輯：鄭鈺澐
初版：二〇一五年十二月一日
二十二刷：二〇二四年五月六日

購書E-mail：service@morningstar.com.tw
TEL：04-23595819　FAX：04-23595493
網路書店：http://www.morningstar.com.tw（晨星網路書店）
郵政劃撥：15060393（知己圖書股份有限公司）
印刷：上好印刷股份有限公司

定價：新台幣 270 元

國際書碼：ISBN 978-986-179-422-8 / CIP：861.67 / 104019597